歌集

つぎの物語がはじまるまで

天野 慶
AMANO Kei

六花書林

つぎの物語がはじまるまで ＊ 目次

Ⅰ章

Ⅱ章

装幀　真田幸治

つぎの物語がはじまるまで

Ⅰ
章

かつてヒトだったすべてが見上げてる最初の花火に火がつけられる

馬だったころのあなたにあこがれてヒトとしてまた逢えてうれしい

ベトナムのチェー／愛された骨／たっぷりアサイーボウル

あたたかい湯気やおいしいにおいなど生み出す場所をキッチンと呼ぶ

豆を煮る　とおいむかしの生き物を甦らせる作業のように

健康と味は両立しないのよ　ターメリックをまた入れ過ぎる

（ガッパオにナンプラー　フォーにヌックマム）些細なルールを守って生きる

お豆たっぷりベトナムのチェーになる明日を控えて眠る豆たち

たくましく生きるほかない　タピオカは噛み砕かれることなく喉へ

コルシカのみなさんどうもありがとう、わたしへ溶けた白いチーズを
波照間のひかりを浴びた黒糖を溶かしたチャイであたたまってね

おみやげのはちみつ最後のひとさじを朝のひかりのなかへと溶かす

ぽってりと太った白い猫に似て上出来な今朝のミルクティーです

ボンレスハム／ロースハムとの差に近くおなじでちがう姉と妹

細胞にいのちの満ちる味がした登ったままで食べる枇杷の実

このままでいい／このままではいけないが拮抗してゆくドライフルーツ
くっついてしまったジェリービーンズをそのまま食べてあげる優しさ

ゆですぎのペンネのなかまでもぐりこむ秋の気配も一緒に食べる

煮込むほどおいしいスープと思ってた　待ってるうちにひかりは逃げる

複雑にカスタマイズする珈琲は、珈琲だけは思いどおりに

オムレツに朝の希望を閉じこめてフォークで差すとひかりが射すよ

参鶏湯スープに沈むもろもろとくずれるほどに愛された骨

こっくりと煮込まれ湯気を立てているスープのように君を守ろう

狭い階段すり抜けてテーブルの料理すべてがひかるバルまで

寒がりは心のほうだ　たっぷりのチーズオニオンスープに浮かべ

カラフルなサプリメントとハーブティ　消え入りそうな白い手が飲む

曖昧なことばかりいう　温かいサラダにフォーク突き刺してみる

愛されるほど甘くなる桃の実にからだの糖度を思いはじめる

インスタントのコーヒーが飲みたくなるように恋人じゃないひとに会いたい

いいものをたっぷり詰めてぐちゃぐちゃにしてから食べるアサイーボウル

いつかまた還す日が来るからだへと黒糖入りのソイ・ミルクティー

大きめのカップに入れたコーヒーを受け取るやさしい手つきを見せて
あいしてるあいしてるっていいながら角砂糖なら溶けてゆくのに

宇宙の孤独／プラネタリウムは／いつか火星に

雲の果てラピュタがあると信じてた頃見た空は鉱石の青

今はもう消滅している星たちに照らされている／守られている

繋いだとしたって部分　それぞれが孤独な惑星だと知っている

土星の輪みたいにそばにいたかった　何億年でもあの距離感で

魂の潜んでいないひかりだけ集めてプラネタリウムの天体
今晩も月を見上げるクレーターだらけの胸を抱えてひとは

クレーター埋め立てられてのっぺらな月のそれほど遠くない顔
またひとつプラネタリウムは壊されて宇宙の孤独は広がってゆく

帰還することない宇宙飛行士の笑顔を受け止められる強さを

空を飛ぶ練習しよう二足歩行した初めてのサルになるため

深呼吸して空を見る　エスペラント語ですらヒトにしか通じない

秋空にケルトの唄が　魂は音に触れるとたやすく溶ける

てのひらに月のちからをためてから〈送信〉あおいひかりを飛ばす

圏外のなくなってゆくさみしさは毎晩月の満ちている空

奔放と呼ばれたひとの人生を星座を眺めるように見上げる

たくさんの夢で洗っておいたから目覚めたからだのなかに青空

宇宙ゴミ増え続けてゆく「おーい」って誰かの声が聴こえる日まで

故郷を教えてくれない恋人がいつか火星に行こうよという

パピルス／アルコール・ランプ／タオルケット

恋という最小単位の宗教でどちらかならば信者でいたい
陪審員制度を採用するべきだふたりでするには恋はしんどい

パピルスに初めて書かれた恋文と変わらぬ想いを受信しました

遊牧民であった記憶を持つひとといつかの旅の約束をする

山火事が迫りすべてを焼き尽くす寸前になら　言えるだろうか
唱えれば街が滅びる呪文よりもっと秘密の言葉をあげる

こんなにも丁寧な字を書くひとと思わなかった　泡がはじける

改札へ向かう背中を引きとめた砂漠に湧きだす水の力で

アルコール・ランプに点火するときの緊張感で（わたしにふれて）
約37兆個ある細胞の（いくつかが）（今）君に触れてる

会うたびに重ねていった輪郭はもう戻れないほどにまで濃く
今日からは恋人として向かい合う　焚火を囲むみたいにふたり

象がまだ地球を支えていた頃に逢ってふたりで暮らしたかった

そのむかしヒトは発光体だった証拠は君の背中にもある

扇風機回して部屋の隅にいる梅雨を網戸の外へと逃がす

いつだって線香花火は過去形のなかでまぶしく燃え尽きている

砂浜のすべてがひかりに溶けてゆく今夕焼けがはじまったのだ

砂漠ではサボテンに赤い花が咲き思いがけないひとのくちづけ

もうずっとあかるいままかと思ってた　白夜の終わりが始まっていた

思い出になることをもう知っていて可能なかぎりやさしくなれる

岸に着くまでにさよなら告げようと乗ったボートは揺れ続けている

押し入れで去年の夏が拗ねていたなだめすかして火をつけてやる

ミズクラゲに国境という概念を語るうちふかくふかくなる海
生命が終われば姿が消えてゆく海月のような恋であったら

そしてまた軌道は離れ約束と呼ぶにはやわらかすぎる言葉が
サボテンに囲まれ荒野で生きてゆく夢まっすぐにわたしの背骨

新鮮なうちに冷凍しておいて思いだすときれいなように
外国の切手をファイルするように恋人であったひとの写真を

優しいが頼りにならないあのひとはタオルケットのこころぼそさだ

いつだって譜面を見ずに弾くひととわかっていたのに乗ってしまった

受信する／発信するを繰り返しほんとうは手を繋ぎたかった
電圧が高まってはじけそうになるあなたの手というアースに繋ぐ

はじまりがはじまりだして伝えあう子どもの頃のこと少しずつ
この夏にしおりを挟む半世紀経った後にも開けるように

遺跡から発掘された古代文字読み解くように肌を這う指

わたししか触れない場所に触れられて釦はそんなところにあった

水をよく飲む恋人の心音にせせらぎを聴きながら眠った

新しい単位で世界を測り出す誰かと暮らしてゆくということ

この星のいちばん大きな観覧車探す新婚旅行への朝

平凡な奇跡を毎日繰り返しハッピーエンドのその先へゆく

港町に住む／スノードーム／まだ荒野

もうずいぶん焚き火を見ない　おがくずの溜まったままのからだを抱え

一日の作業を焚火で終わらせる祖父の仕事は美しかった

北陸のさびれた港町に住む子猫のように愛されていた

オキーフのように老いたい　いつかゆく荒野の風が胸へ吹きこむ

自家焙煎珈琲の店にふさわしくない会話だな　鞄にしまう

恋人になるより散歩の友がいいペーパーカップのコーヒーを手に

行くことのできない街の地図を見て過ごさなければいけない呪い

目的地まで共にする旅人の距離感のまま暮らしは続く

雪のまま降ってくるからすこしだけ窓を開いて見上げてほしい

丈の長い比翼のコートが似合うひと　真冬を連れて散歩をしよう

〈逃げ足が遅く攻撃力もない〉パカラナを日が暮れるまで見る

夕焼けの歩道橋では立ち止まるやがて出てゆく街を見渡す

自己満足押し付けあっている街でキャットフードはさかなのかたち

この猫はきっと神様　もうすべて消したいわたしと歩いてくれる

オオカミに変化するより複雑にからだは月に呼応している

あたたかい毛にくるまれても群れたがる羊みたいに　そばにおいでよ

風邪薬代わりのお茶をふうふうと飲んで眠りの森へと帰る

落下する視力を受け止めるためのむらさきいろの不安な果実

E-mailに足りないものは旅でした手紙は孤独を経てから届く

そろそろもう行くねと言われてばかりいるサービスエリアの淋しさに似て

トラフィック・ニュースラジオで聴いている（だいじょうぶ）（まだ）（みんないきてる）

街は路上駐車ひしめきお隣の火星にただ一台の探査機

教えると言うならすべて永遠に続く円周率の底まで

てのひらであたためたって溶けだせないスノードームにいるの、永遠

ストックをしておく闇に飲まれてもひかり続けるちいさな熱を

てのひらで息をすること澄んでゆくからだにきれいな気を巡らせて

「間伐材を使用しているわりばし」の結果はやはりゴミになること

みんな捨てることに夢中で捨てられる未来がやがて巡りくること

〈前世はジプシー〉という占いの結果を今も忘れずにいる

不凍港もとめるように進むのだ—・—・　—・——　—・—　・———・にたどり着くまで進め！

ま裸のおんなのからだがそれぞれの人生を湯に溶かしはじめる

泡だって溶けてなくなる石けんのようにあなたに忘れられたい

雪の降る国境を越え逃げてゆくみたいに手を取り合って全力

ここはまだ荒野　かなたに見えている灯であるあなたへ辿りつくまで

ラッセルを胸に走らせ何度でもあたらしく降る雪に祈ろう

夏祭り帰りに交わした約束が雪降る今も咲いていること

海へと流れる／ある日空き地に／未来を待っている

教室の窓から見ていた恋のこと　真昼、スプリンクラーまわるよ

伸びすぎてしまった角をもてあまし鹿は鹿語で悩みを語る

朝の似合う土地に来ました細胞のひとつひとつに昇る太陽
フレームへ収まりきらない風景に色鮮やかに責められている

目の覚めたばかりのからだを陽に晒す一日動くだけのちからを
欠けている一部のためにお茶わんの全体が捨てられて火曜日

春に降る雪は積もらず溶けてゆく　逢えただけでもしあわせでした

ポルトガルから来たという薄青い切手に春を告げられている

ケータイで繋がるわたしたちだから見えないものを信じてしまう

祈りよりもう少し手で触れられるものを探して上る階段

曖昧にうなずくことのスパイラル出口を持たない会話のなかで

希望的仮説を特技とするひとのたらしてくれた糸に摑まる

擦り切れる事を知らないエンドレスリピートだから立ち上がれない
もうねじを巻く必要さえなくなって時間は勝手に進んでしまう

春にして君を離れてゆくことにどうか気づかずいてほしかった
「もし」という言葉を使うたび増える並行宇宙にわたしはいるわ

海底に沈んだままの船となりいつか出逢えるあなたを待とう

〈唄う〉ことも〈祈る〉ことも同じ単語だと教えてもらってお守りにする

ほしいものはいつだってすこし先にある弾きたい曲は弾けないピアノ

少年を強制終了するようにある日空き地にフェンスは立った

背伸びせず届くつり革いつだって夢のひかりは叶うと消える

叶わない願いも許せるけれどまだ飛行船にはいつか乗りたい

雨の日の公園に今日も立っている少年とかつて遊んだ記憶

魔法から目覚めるときがやってきて　集めた砂鉄はもうただの砂

雨の日の廊下の暗さ　制服のかたちにいのちを詰めていた頃

なんとなく疎まれていた存在はドロップ缶のハッカくらいに

デッサンをしてばかりいたとりかえしつかない一歩を踏み出せずいた

永遠の放課後にいる　給食と向かい合ってる少女のわたし

校庭の隅で未来を待っているタイムカプセルたちの見る夢

制服で笑うプリクラも褪せて正しい場所へ収まってゆく

「いつかきっといこう」と何度も繰り返す呪いに近いほどの強さで

強力な殺虫剤がカゴのなかむき出し過ぎる殺意を放つ

うたたねの許されている午後の陽は甘くとろけるハチミツである

この星のすべてがplay groundでいつも見ていてくれてた　誰か

簡単な言葉で祈る　このところお疲れ気味な神様のため

ろうそくに息吹きかける　まだ解けていない呪文の数を数えて

アザミ／旅人／ひたひたと

美しい約束をした胸にあるアザミの蕾もゆるむくらいの
「永遠の旅人」という名のついた手のひらに乗るサボテンを買う

旅行者でいつづけること足の裏から生えてくる根を引き抜いて

一年草的恋愛に飽きてきてロゼッタ状になって冬越し

ハチミツは花とひかりで出来るからお腹のなかが春のひだまり

永遠のように池へと散るさくら　忘れることを恐れずにゆく

空中にひかるつぶつぶ　被われて守られていたあの原っぱで
イースターエッグ密かに朽ちてゆくまっくらくらい森で待ってる

蒔く場所に日なた／日かげと差をつけて不平等さについて実験
発芽する時を待ってる　アスファルトへとひたひたと呪いをそそぎ

後悔をするには早い　あのひとの住む街はまだ葉桜だろう

花粉ほどあなたのなかに入り込み困らせ泣かす覚悟で挑む

モディリアーニの妻享年は二十一　紫陽花の憂鬱な満開

くちびるをはじめて合わせた瞬間にアンリ・ルソーの密林のなか

息苦しいほどにグリーンを繁らせてそれでも酸素の足りない部屋で
うたた寝に睡蓮の咲く夢を見たそののちからだに灯ったひかり

見つかれば名前がついてしまう罰　花とヒトとがするかくれんぼ
温室で咲かされている花だって気づかなければしあわせだった

雨はたぶん愛に等しい何年も雨が降るのを待つサボテンに

夏に咲く花の名前を持つ友のウエディングドレス白よりひかり

珊瑚／お湯に溶かして／卵雑炊つくるから

コンビニの灯りと月に照らされて何度も想う夜がはじまる

肩越しに見える満月　幸せになれない恋も明るく照らす

一斉に珊瑚が産卵する夜だわたしもたしかに変わりつつある

怯んではいけない月が見ていてもやるべきことをふたりでしよう

真夜中もあかるい街に育てられ闇はそのぶん奥に潜めて

星たちは正しく巡り迷子にもなれないカーナビゲートシステム

つかれてるわけではないのさみしいの〈夜間はボタンを押してください〉

スクラッチノイズの入った曲を聴く　みんなどこかへ帰りたい夜

真夜中のコンビニエンスストアーに獲物を見つけられない狩人
完成図なんて知らずにそれぞれがジグソーパズルをはめこむ夜更け

バスタブでふやかしブラシでそぎ落とすわたしの一部となった疲れを
たましいをお湯に溶かして浄化してまたヒトになり浴槽を出る

オーガニック素材でできたリネンへとくるまれるためからだを洗う
とりあえず眠るのでした　早送りみたいに朝のひかり差すまで

海底に沈むヒトデをひとつずつ引っぺがしては眠りに落ちる

浅葱色の毛布を掛けて眠るとき淋しい海辺に立っている夢

待っててね卵雑炊つくるから夢から覚めずに全部食べてね

指先で触れるきれぎれ見た夢のかけらのひとつがたぶん現実

たましいにおかえりをいう（眠るとは旅をすること）おはようわたし

北欧の青いグラスで飲む水に朝のわたしが目覚めはじめる

森／楽園／橋

版の違うおんなじ本を買うひとのその本みたいなひとになりたい

旅先を決めるときより真剣に旅先で読む文庫を選ぶ

〈再読の際には押してください〉とリセットボタン付きのミステリ

もう電気羊の夢も醒めるころ未来の消費期限も過ぎて

げんじつとものがたりとの境界線ゆらぎはじめる図書室の隅

図書館は活字の呼吸で満たされて司書が無口になってゆくわけ

毒だとも言えなくもないなつかしい絵本をまねた涙のお茶は

象のたまご探す王さまの旅とたぶんたいして違わぬ旅だ

羽根を抜き終えてしまった夕鶴の顔した私を運ぶ終電

乗り換えるタイミングさえつかめずにトラがバターになるまで回る

淋しさの質が似ているアンデルセン童話は薄荷のにおいをさせて

森に迷うヘンゼルとグレーテルだったいつだって手を繫いで眠る

すき間から煙がもれていたのだろう開けたつもりのない玉手箱

港町滅びて終わる物語　こんなやさしい最期にしよう

雪女溶けてゆく闇　鶴女房飛んでゆく闇　どこへゆく闇

靴箱を開けるとひかる靴があり姫がいたので閉めてそのまま

きびだんごなしでも鬼退治にいくよ　あなたがわたしを願うのならば

アラジンとランプの魔人の関係に淋しさを見てしまうこの春

馬車じゃなくバスが迎えに来る朝に脱げたサンダル自分で拾う

結末に待っているのは王子さま、よりも仕事を選ぶ姫たち

熟睡で王子を待った姫にさえハッピーエンドは用意されてる

隕石が落ちてきて死ぬお姉さま　そこまで腐った果実だったか

持て余す雨の土曜の午後に読む童話に零れんばかりのberry
雨はもう止む頃だろう小説のなかでは永久に続く吹雪が

楽園で不老で不死でアダムしかいないだなんて　退屈で死ぬ
金色の雨がダナエに降りそそぐ　あなたもいつかあの雨になれ

滅びゆく王家の物語を読む濃くなってゆく赤を浮かべて

青白い顔を描くためパレットに絞り出す白　消えてゆく白

やけに早く雲が流れる　スナフキンを夢見る男ばかりと出会う

図書館の返却期限を守るひとばかり愛してしまうあやうさ

絶滅危惧種の蝶々に触れる手で本を扱う姿を見てた

恋人が諳んじている詩のなかに「愛」という語は三度出てくる

痕跡はすべてきれいにぬぐわれて　新古書はいつも涼しい顔で

そのむかし効力のあったおまじないみたいに唱える「ぽえむぱろうる！」

幸福のビジョンは絵本が刷り込んで黄色くふかふかしたパンケーキ

真っ白な原稿用紙へ雪の日の朝の足跡みたいな文字を

結末を知ってしまったミステリを甘味の少ない果実のように

探偵が真実を追う正しさで最後は誰かを見つけ出したい

「著者急逝のため最終回」小説は焼け落ちてゆく橋で終わった

Ⅱ章

岩本憲嗣［脚本］
×
天野慶

スズキロク［漫画］
×
天野慶

岩本憲嗣
（いわもとのりつぐ）

1979年生まれ、東京都東村山市出身。小劇場を中心に多くの劇団に脚本を執筆。ネット上にて公開している過去作品は海外を含む100以上の団体で上演されており、好評を博している。幕末を舞台にした時代劇やタイムトラベルを扱ったSF作品、それらを混合したタイムトラベル時代劇などのジャンルを得意とする。現在では演劇のみならずオーディオドラマや朗読公演の脚本も手がけている。

代表作

演劇「さくら」「MESSAGE」「ひまわり」「雨の寂」「月を待つ人」／ミュージカル「キヅナノート～忘れられない大切な仲間～」／オーディオドラマ「ライトハンド」

受賞歴

「サクラスケッチ」（アニメシナリオ）にてアニメクリエイターズアワード2010・優秀賞受賞。

出版歴

『絶対声優になる！最強トレーニングBOOK』（トランスワールドジャパン）に演劇脚本「さくら」「Garden」を収録。

＊第1話

ハンマーダディの杞憂

◉登場人物

娘

父親

結婚式を翌日に控えた晩。父親は娘に内緒であるものを探していたがあっさりと娘に見つかってしまう。父親が探していたもの、それは結婚式で読み上げる父への手紙だった。結婚式で泣きたくない父は手紙の内容を教えてくれと懇願するのだが……。

娘　貝がらをあげよう波の音のする最後の家族旅行の海の

——娘の部屋。父親が何やら探している。そこに娘がやってくる。

娘　お父さん？なにして……。

父親　あ！その、つい心配になって……。

娘　心配？

父親　いや……あの、あれだ、明日の式についてだな……。

娘　別に心配するようなことないよ。

父親　しかし、相手が相手なだけに人とは違った式になるのかと。

娘　え？

父親　だって剛さんはプロレスラーだろ？だからだな……。

娘　プロレスラーだから何なのよ。

父親　ヴァージンロードが花道だったり……。

娘　しない。

父親　結婚指輪が結婚ベルトだったり……。

娘　ない。

父親　まさか剛さん、パンツ一丁じゃ……。
娘　そんなはずないでしょ。一体なんだと思ってるの!?
父親　分かってる、分かってる。でもだな……やっぱりあれか?……読むんだろ?式の最後に両親への手紙。
娘　あぁ……まぁね。
父親　そうか……なぁ、見せてくれないか?
娘　はぁ?なんでよ?
父親　ほら、誤字がないか添削をだな。
娘　私が読めればいいんだから、添削の必要なし!
父親　しかしだな……困るじゃないか。不意打ちで手紙を読まれて、父さんが泣いてしまったら。
娘　でもそういうものじゃない?花嫁の父なんて。
父親　いや困るんだ。父さんこれでも学校じゃ厳しい教師で通ってるんだ。なのに娘の結婚式でおいおい泣いてたら……。
娘　別に生徒は誰も見てないんだし。
父親　どこで漏れるかわからないだろ。
娘　駄目。教師なのにカンニング?
父親　……じゃぁヒントだけでも。
娘　えぇ?……普通だよ。「いままでありがとう」っていう内容。
父親　本当か?思い出話とかしないよな。
娘　するよ、そりゃ。
父親　するのか……何の話だ?
娘　教えません。
父親　そんなに父さんを泣かせたいのか?
娘　その方が式が盛り上がるじゃない。
父親　父さんの気分は盛り下がる。お願いだ。
娘　じゃあ、ヒントだけね。お父さんのこと格好いいなって思ったときのこと。
父親　格好いい?父さんがか?……いつだ?

娘　ヒントだけって言ったでしょ。
父親　あれか?この前か?
娘　この前?
父親　ほら、3年間開かなかったジャムの瓶を開けたじゃないか。
娘　結婚式でジャムの話すると思う?
父親　いや、しないな……もっとヒントはないのか?恥ずかしい話だけど父さんお前に格好いい所なんて……。
娘　……あるのに。
父親　ジャムじゃないと、この前甘栗を……。
娘　違うって。……もう、誰のせいでパンツ一丁のレスラーなんて好きになったと思ってるの?
父親　え?
娘　覚えてない?パンツ一丁で日が暮れるまで教えてくれたのに。
父親　パンツで?すまない、そんな変質者みたいなことしたか?
娘　違うよ、凄く嬉しかったんだから。私が小学生の頃、伊豆に行ってさ。
父親　伊豆?……海か。
娘　クラスで泳げないのが私だけだって言ったら。
父親　……あぁ、困るだろ。それでイジメられでもしたら。
娘　お父さんもカナヅチだったんだよね。
父親　……泳げなくても高校教師は務まる。
娘　……きっとそのせいでパンツ一丁が格好いいって刷り込まれちゃったんだよ。
父親　そうか……すまない。
娘　え?謝ることじゃないでしょ。……お陰で泳げるようになりました。ありがとう。
父親　……別に、それは。
娘　あーあ……結局バラしちゃった。
父親　そうか、あの時の父さんそんなに格好よかったか。
娘　……うん、まぁね。
父親　……どこまで泳いで行くんだろうな。
娘　え？
父親　父さんは今でも泳げないいし、後を追うわけにもいかないいしな。
娘　お父さん。
父親　……いや、ただあんまり遠くまで行くとな、心配というかなんというか。
娘　うん。
父親　あれだな、変な話だけど泳ぎなんて教えるんじゃなかったな、お前も父さんと一緒でカナヅチだったら……。
―娘、携帯電話のカメラで父親を撮る。
父親　何だ？
娘　泣き顔撮っちゃった。待ち受けにしちゃおうかな。
父親　な！
娘　こんな顔、撮られたくなかったでしょ。
父親　あ、当たり前じゃないか。
娘　だったらこれからも私のこと見ててよ。そうしないといつ写真バラ撒くか分からないからね。
父親　え？
娘　別にさ、そんな遠くに行くわけじゃないんだからさ、お父さんの見えるところにいるんだから、ねぇ。
父親　……あぁそうだな。
娘　お母さん、下で待ってるよ。お茶でも飲もうって。
父親　ああ。
父親　貝がらをあげよう波の音のする最後の家族旅行の海の
＊終＊

＊第2話
オバP

◉登場人物
井出幸一（いでこういち・男・会社員）
米田勇士（よねだゆうじ・男・幸一の従兄）
笹野優香（ささのゆか・女・居酒屋の客）

あの夏の日。祖母の家にはいつだって叔母がいた。いつも本気で全力で僕らと一緒に遊んでくれて……本当に楽しかった。
そんな叔母が突然亡くなった。葬儀の後、従兄と居酒屋であの日を語らっていたその時、一人の女性が突然声をかけてきた。
「あの……三輪先生の甥っ子さんですか」

優香　叔母さんの人生それは言葉より譜面に記すべきものでした

――地方都市の居酒屋。一人でビールを飲む幸一の元に勇士がやってくる。

幸一　勇ちゃん？何で分かったの？
勇士　こんなド田舎で夜中やってる店なんてここくらいだろ。
幸一　勇ちゃんはてっきり母屋で飲んでるものだと思ってた。
勇士　婆さんたちだろ？そんな雰囲気じゃねぇよ。息苦しくて逃げてきた。
幸一　そうなの？
勇士　ほら、葬式に知らねぇ連中が来ただろ。で、ありゃ何だ、ひょっとして叔母さんが生前にヤバイ連中と関わってたんじゃないかって大揉め。
幸一　ヤバイ連中って……例えば？
勇士　え？あ……借金取りとか？
幸一　ワザワザ葬式に来てくれるの？

勇士　それも香典持って……ははははは。
幸一　笑いすぎだって。
勇士　いや、違くてさ、……なんか、ウケるな、幸一のくせに酒飲んでるよ。
幸一　そうか、20年ぶりくらいだもんね。
勇士　俺が中3だから23年前だな。そんなに叔母さんに会ってなかったんだな。
幸一　だね。……まだ43だって。
勇士　ってことは、毎年夏休みに会ってた頃は俺らより年下だったんだな。
幸一　楽しかったよね。いつも遊んでくれて。
勇士　だよな。でもまぁ……俺らにとっちゃ最高の遊び相手だったけど、婆さんらにとっちゃ……アレだよな。
幸一　仕方ないでしょ。体悪かったワケだし、働きに出ることもできないんだから。
勇士　でもさ……叔母さん性格独特だったろ。
幸一　まぁ……確かに全然喋らなかったよね。人と接するの好きじゃないみたいな。
勇士　でも俺らとは遊んでくれた。当時の俺らってより野生動物みたいだったしな。
幸一　そうだ、覚えてる、庭？
勇士　庭？
幸一　ほら、ミニ四駆。
勇士　あぁ。叔母さんと一緒にレースした？
幸一　そう、コースがないからって叔母さん夜中にスコップで溝掘ってさ……。
勇士　あったあった！庭中溝だらけのな。
幸一　で、翌日雨が降ってさ、溝にボウフラ湧きまくって、お婆ちゃん大激怒。
勇士　覚えてる。あの時叔母さん2、3日雲隠れしてたよな。
幸一　山に逃げてたって言ってた。桑の実を食べて生活してたって。
勇士　ははは、なんだそりゃ。
幸一　今じゃ庭の溝もなくなってた。……なあ、

　この20年叔母さん何してたのかな。

勇士　え？近所の小学生とでも遊んでたんじゃねぇか。ほら、ガキの憧れるスキルは大抵持ち合わせてたし。

幸一　だよね。絵とか上手かったし。あとリコーダーも凄かった。

勇士　あ！お前あれ覚えてる？お絵かき出来るゲーム。ほら、マウスでさ……。

幸一　あの作曲も出来るやつ？

勇士　そう、あれ叔母さんに貸したままなんだよ。作曲にハマっちゃったみたいで。

幸一　あぁ、分かる。凄く好きそう。

――そこにジョッキを持った喪服姿の優香が声をかけてくる。

優香　あの……ひょっとして三輪先生の甥っ子さんですか。

幸一　え？……はぁ。あの……。

優香　三輪先生のお葬式に。あ、わたし、笹野優香と申します。

勇士　三輪先生って……叔母さんのこと？っていうかどなたさん？

優香　わかりやすくいうと……ファンです。

幸一　え？え？待って待って、ファンって何です？同姓同名の方の間違いじゃ……。

優香　ないです。

――優香、携帯オーディオプレイヤーのイヤホンを幸一と勇士の片耳ずつに入れる。

勇士　いや、何よこの曲……。

幸一　あ。知ってる、ボーカなんとか、パソコンに歌わせるやつ。

優香　はい。これは三輪先生……お二人の叔母様の作った曲です。

勇士　……これを叔母さんが？

優香　はい。ネットではとても有名なP。あ、こうして曲を作ってる人のことなんですけど。そのPなんです。だから皆さん突然の訃報に悲しんでます。

幸一　ひょっとして今日の参列者って……。

勇士　あ、曲が変わった。

優香　何百曲と作られてましたから。ほら。

―プレイヤーの画面を見せる優香。

幸一　あれ、タイトルとかないんですか？日付しか入って……？

優香　これがタイトルです。三輪先生の曲は全て日付になっているんです。その日に感じた想いを曲にしている。

幸一　日記……みたいな感じなんだ。でもこれってなんか……やたらと夏の日付が多くないですか。

勇士　おい、この日付、23年前。多分この日って……ボウフラ事件の日だ。

優香　聴きますか？はい。

勇士　ぷっ……なんだこれ……懐かしい。すげぇ思い出したわ。

幸一　……は、はははは、ウケる。超ウケるね勇ちゃん。

―笑いながら涙ぐむ幸一。それにつられて勇士も涙ぐむ。

優香　あの……宜しければ向うでご一緒しませんか。ファンの皆さんも訊きたがってます。この曲の、ううん、先生の曲の、思い出のお話を。

幸一　……思い出……えぇ。その代わり……もっと色んな曲を聴かせて貰ってもいいですか。

―目の前のビールを飲み干す幸一。

幸一　叔母さんの人生それは言葉より譜面に記すべきものでした

＊終＊

＊第3話

雪見酒

◉登場人物

岡野辰之（おかのたつゆき・男・忍藩士）

岡野まち（おかのまち・女・辰之の妻）

田中将吾（たなかしょうご・男・元同心）

明治二年三月。秩父の山里に一人静かに暮らすまちの元に田中将吾と名乗る男がやってくる。彼はまちの夫である辰之に助けられたと言うと一年前に江戸で起きた出来事を語りだす。

将吾　春に降る雪は積もらず溶けてゆく逢えただけでもしあわせでした

――明治二年三月。山深い中に建つ古びた屋敷。庭先には満開の桜。雨の降るなか将吾がやってくる。

――その背後にまちがやってくる。

まち　あの……何かご用でも？

将吾　え？あ！そ、その、某《それがし》は……実に見事な桜であるなと……。

まち　あぁ……有難うございます。

将吾　その！もしや……岡野まち殿では？

まち　え？…何故私を？

将吾　御主人に、辰之殿に助けて頂き申した。

――慶応四年一月。江戸市中の蕎麦屋。外は雪が降りしきる。辰之はそれを見ながら一人で酒を呑んでいる。そこに将吾がやってきて徳利を置く。

将吾　雪見酒、付き合いましょう。おごりです。

辰之　気が利くな。でもいいのかよまた。

将吾　辰之殿は我が恩人。それに……辰之殿と呑むのは実に楽しいですから。

辰之　俺との酒がか？
将吾　えぇ。時勢に流され私が失ったものを今も変わらず持ち続けておられる。
辰之　へっ。女房放って彰義隊なんかに加わってるのがか？
将吾　羨ましい。私はその逆だ。今を守る為に己が想いを隠すと決めてしまった。
辰之　安心しな。酒の礼も兼ねて代わりに存分に暴れまわってやるからよ。
将吾　それですが……そろそろ潮時かもしれない。新政府の連中いよいよ……。
—目の前の酒を呑み干す辰之。
辰之　美味ぇ。なぁ将吾。ここの酒の美味ぇのはこいつのせいもあると思うんだ。
将吾　切子細工の猪口……ですか？
辰之　こいつをくれてやったら喜ぶだろうな……俺以上の酒好きだ、あの女。
—明治二年三月。まちの家の縁側。
—古びた猪口で酒を呑む将吾とまち。
将吾　いやはや仰られた通り。無類の酒……。
まち　まったく、あの人は碌なこと話さない。それで、あの人が恩人というのは……。
将吾　はい。某は江戸で同心をしておりました。ある日私の妻が誤って川に落ちたところを辰之殿に。それと……。
まち　あの人は頭を使うこと以外なら大抵得意ですから。
将吾　辰之殿は……そう、男が惚れる男です。
まち　何ですかそれ。主人を褒めたところで出せるのは酒くらいですよ。どうです、もう一杯？私は頂きますから。
将吾　え？しかしもう随分と……。
まち　弱いですね。酔わないとこう……大丈夫です。訊かせて下さい。そうなんですよね、主人のことを伝えに……。
将吾　……えぇ。一年前。上野で戦が起きました。辰之殿の彰義隊は大敗。その晩のことでした。いつもの蕎麦屋の近くで辰之殿にお会いしたのは。

慶応四年五月。蕎麦屋近くの路地。
深手を負った辰之がフラフラ現れる。
そこに将吾がやってくる。

将吾　辰之殿？辰之殿ではござらんか!?

辰之　よう将吾。どうだ憂さ晴らしの一杯。

将吾　何を言って……それより早く医者に！

辰之　馬鹿。彰義隊なんかを診ようもんなら新政府の連中に目ぇつけられるだろ。

将吾　ならばうちに……。

辰之　人の話聞いてたか。お上が新政府に変わろうがおめぇの役割は変わらねぇ。江戸の治安を守る町同心。俺はそれを乱してる厄介者。違うか？

将吾　されど、辰之殿は!!……助けます！

辰之　やめろ！見つかったら勤めを失うだけじゃ済まねぇぞ。

将吾　結構。元々薩長の連中に従うなど……。

辰之　いい加減にしろ。お前は良くても女房はどうする？折角助けてやったんだ。

将吾　それは……しかしここで捨て置けば辰之殿の奥方はどうなります？

辰之　……は、ははは、確かに。どうなっちまうんだろうな。

新政府兵士たちの足音が聴こえる。

辰之　やべぇ。おい！さっさと逃げろ!!

将吾　嫌です!!

辰之　ったく、ききわけのねぇ……男だ!!

辰之、将吾の刀を抜くと自らの腹を一突き。そのまま仰向けに倒れる。
そこに新政府兵たちがやってくる。

将吾　そ……そんな……。

明治二年三月。まちの家の縁側。

将吾　私などを庇わんが為に……私は……。

まち　あの人らしい……まるで桜、まるで雪。
将吾　え？
まち　だってそうではないですか。桜も雪も美しさの只中にあってすっと消えゆく。あの人は迷いに囚われるのが好きではないのです。今その時最善と信じるがものに全て捧ぐ。それが私であり、将吾殿、貴方であった。
将吾　某は……。
まち　私はそんなあの人が大好きでした。ですから……有難うございます。あの人がそうして望む形で最期を迎えられたこと……わざわざ報せに来て下さって。
将吾　……違います。報せるだけではありません。私は……これもお渡ししたいと。

—将吾、まちに切子の猪口を差し出す。

将吾　蕎麦屋の主人に譲って貰いました。あの日、辰之殿が仰っていた……。
まち　まったく……これ以上呑ませてどうしようってんですかね、あの人は……。

——切子の猪口に酒を注ぐまち。切子細工を空に翳しじっとみつめる。

まち　え？

——切子細工に白い何かが舞い落ちる。気が付くと辺りに降っていた雨は雪に変わっている。

将吾　雪見酒……ですね。
まち　えぇ……本当あの人は……。

——まち、満開の桜に降りしきる雪を見つめながら猪口の酒を呑み干す。空になった猪口にポツリポツリと水が滴る。それはまちの瞳から溢れ出た涙であった。

まち　春に降る雪は積もらず溶けてゆく逢えただけでもしあわせでした

＊終＊

＊第4話
チョウエンキョリレンアイ

◉登場人物
押野善治（おしのよしはる・男・研究者）
畠　瑠璃（はたけるり・女・善治の婚約者）
押野公佳（おしのきみか・女・善治の姉）

80年後の未来。宇宙物理学者の押野善治は婚約者の瑠璃に秘密を打ち明ける。「僕には長年付き合っている人がいる。君と結婚したいけど彼女とも別れられない」激昂する瑠璃に対して彼女を紹介したいと研究室に招いた善治。しかしそこには古めかしいコンピュータが一台あるだけだった。

善治　もう遠いむかしに消滅した星に照らされている／守られている

――夜の路地を並んで歩く善治と瑠璃。
――瑠璃の手には分厚い結婚情報誌。

瑠璃　えへへ。遂に買っちゃったね。この後大丈夫でしょ？　家で二人で見ようよ。

――善治の携帯のアラームが鳴る。

善治　ごめん。もう帰らないと。
瑠璃　え？もうって何？まだ8時前だよ。
善治　そうだね。だから帰らないと。

――小走りに去ろうとする善治。瑠璃は結婚情報誌を思い切り投げつける。それは善治の頬を掠めていく。

善治　約4kgの物体を全力で……およそ160ジュールのエネルギー量に相当する。当たったら大変だったよ。やっと風邪が治ったばかりなのに……。
瑠璃　当てるつもりだったんです！なんなのもう！いつもいつもあたしを放って帰って。

瑠璃　今日こそちゃんと説明して。もしかして、他に女がいるとか?
善治　え?……何でわかったの。
瑠璃　やっぱり。どうせそんなことだと……
善治　え?えぇ!?
善治　いつか話そうと思ってたんだ。僕には長年付き合っている人がいる。もちろん君とは結婚したいけど、でも彼女とも別れられない。
瑠璃　は?……はぁぁぁぁ!?!?

――翌日・善治の研究室前。扉の前に立つ瑠璃と公佳。

瑠璃　ねえ、長年っていつから?あたしと付き合い始めた学生時代より前?
公佳　まぁほら、少し落ち着……。
瑠璃　お義姉さんも!監督不行届きです!
公佳　いや、でもあの子もこうして瑠璃ちゃんに紹介するって決めたし。
瑠璃　紹介って何ですか?会って何しろと?喧嘩ですか?武器、アリですか?

――扉が開くと善治が出てくる。

善治　あれ。もう来てたんだ……って、うわ!
瑠璃　(無理矢理部屋に入って)勝負よ泥棒猫!……え?誰もいないじゃない。
善治　瑠璃さんに紹介するね。彼女が僕の付き合っているソラさん。

――善治、古びたPCを指し示す。

瑠璃　馬鹿にしてるの?あ……まさか二次元に恋してるとかそういうオチ?
善治　ううん。彼女は実在するよ。ただ……そう、僕らは遠距離恋愛なんだ。恐らく人類史上で一番の遠距離。

――PCが起動する。モニタに画像とメッセージが次々と浮かぶ。

善治　来た。ソラさんからだ。
瑠璃　「風邪は治りましたか?今日は射手座の

方角の星がきれいだったので、あなたが早く良くなるように祈りました」え？それに、なにこの写真……宇宙？

善治　４９０億㎞先の宇宙《ソラ》の写真。

瑠璃　４９０……億？

公佳　日本初の外宇宙探査機……知ってる？

瑠璃　あぁ。学校で習ったかも。

公佳　それを創った人は？

瑠璃　ええと、ほら、髭で薄毛でよく教科書に落書きを……。

公佳　（飾ってある写真を指さし）あれ？

瑠璃　そうあのハゲ!!って……なんで？

善治　僕らの母方のお爺ちゃんだから。

瑠璃　えぇぇ!?初耳なんですけど！

善治　初めて話した。このメッセージはお爺ちゃんが送り出した探査機から。当時は宇宙開発技術も未熟でね、急なトラブルに対応出来ずに途中で役目を終えてしまう機械も多かった。

公佳　管制から指示を出そうにもそれが届くのには時間がかかるしね。

瑠璃　どうして？

善治　太陽の光だって地球に届くのは8分前のものなんだよ。それよりも遠くに行くとなったら……。

瑠璃　あぁ。なるほど！わかった、たぶん。

公佳　祖父がやっと開発したのがソラさん。ＡＩ、つまり、人工知能を持ってトラブルを自己判断で対処出来る探査機。

善治　彼女の功績は授業で習った通り。

瑠璃　そうか……未だに動いてたんだ。

善治　そう。だから僕は彼女に返事を書く

瑠璃　返事？80年も前のＡＩなんかに？

公佳　（紙束を差し出し）これ見て。

瑠璃　通信記録？古っ！「諸計器問題ナシ。順調ニ運行中」……なんか今と違う。

公佳　（違う紙束を出し）これは20年後の。

瑠璃　「小犬座方向にて流星群を観測。きっと地球でも、きれいに見られると思います」え？これって……なんか人間が、女の人が書いてるみたい……。

善治　まるで恋文。そう、彼女はきっと恋をしているんだ。暗闇の中でこうして灯をくれる僕……いや、お爺ちゃんに。

公佳　お爺ちゃんが死んでお父さんが。お父さんが体を壊して、今度は善治が。

瑠璃　何で？それって続けなきゃダメなの？

善治　確かに今となって彼女の情報は人類にとって価値がないかもしれない。けどその逆は違う。こちらからのメッセージは、彼女にとって大切なものなんだ。たった一人宇宙を旅する彼女にとってきっと何よりも。だから……ごめん。昨日も言ったように僕は……。

瑠璃　馬鹿。馬鹿馬鹿バーカ！……頭はよくても、肝心なことはわかってないんだから！いい？今日から私もメッセージ、チェックするから。

善治　え？それって……。

瑠璃　わかるでしょ！私の心は、宇宙より広いの。善治もソラさんも、まとめて面倒みるってこと！で、このメッセージってソラさんにいつ届くの？

善治　約44時間後。

瑠璃　わかった。じゃぁ宇宙の果てにたったひとりの、大事なソラさんのことを思って気合いいれて書くよ！

瑠璃　もう遠いむかしに消滅した星に照らされている／守られている

＊終＊

光は、こっち

スズギロク

歌人・漫画家・イラストレーター。静岡県出身。「いい部屋みつかっ短歌」（週刊CHINTAI主催）大賞受賞。佐々木敦編集「エクス・ポ」（HEADZ）に短歌漫画「アンドハニー」連載。ANIMA『月も見えない五つの窓で』（WEATHER／HEADZ）ジャケットイラスト他を担当。その他近藤正高『私鉄探検』、多根清史『日本を変えた10大ゲーム機』（ともにソフトバンク新書）の挿絵や、千田洋幸『ポップカルチャーの思想圏　文学との接続可能性あるいは不可能性』（おうふう）の装丁・挿絵などを手がける。短編小説「わたしの五島さん」（原作・関澤哲郎）コミカライズも担当。短歌では「別冊宝島　AKB48推し!」(宝島社)にAKB短歌を寄稿。浜松市文化振興財団クリエート浜松にて新春講座「恋の歌百人一首」講師をのべ3年間務める。現在NHKテキスト「NHK短歌」（NHK出版）で短歌漫画「初恋フォルダ」連載中。

やったー！またおれらさんにんおんなじクラス！
少年を強制終了するように
秘密ナシだから言っとくな
学校やめて結婚する
子ども生まれるんだ
お
おめでとう！
ある日空き地にフェンスは立った

すっげーよな 咲良！ A高合格って
それに
「それに比べて 双子の椿希は」 ってのは もういいから
あんた それでも 私の彼氏？
おっ咲良 聞いたぜー オメデト
ありがとー 運がよかった だけなの
なーに言ってんの 実力じゃん 椿希とちがってさあ
咲良はいいよね 昔っから チヤホヤされて 勝ち組じゃん
同じ顔なのに なんで 私ばっかり…
負け組だよ
いちばん 欲しいものは 椿希が 持ってったもん
えっ…
蒔く場所に 日なた／日かげと 差をつけて
じょーう だん
不平等さに ついて 実験
冗談

大学近い
のにさー
おばちゃん
寂しがるよ
まあ
一人暮らしも
経験かなって
ちょー
かわいい
隣の子も
寂しがるよ
…
ずうずう
しいな…
夏休みとか
帰ってくるから
そんな顔
すんなって
発芽する
時を
走るか
待ってる
勇にいちゃん
んー?
愛してる
アスファルトへと
ひたひたと
呪いをそそぎ
ブッ…

添乗員になった理由ですか?
世界のどこかにある私の終の棲家を探してるんです♪
雪子さん独身なんでしょ?
そーですよ結婚相手も探してます
はーっ
今回のお客様に石油王いないんですよねー
アハハやだもう雪子さん
旅行者でいつづけること
逃げてるの
足を止めたら二度と動けなくなるから
まだ新婚だったでしょ?
雪子さんこれからどうするのかしら
お一人なのよね確か
雪子さんありがとねおかげで楽しい旅だったわ
あなたも気をつけて帰ってね
足の裏から生えてくる根を引き抜いて

先生　何聴いてるの？
地球の古い曲だよ　俺の出身地だ
古いの？　僕が生まれる前？
ステーション生まれが笑わせるなよ　古いさ
へえ　音質はいまいちだけど　いい曲だね
卒業旅行　その地球って所にしようかな
そりゃいいな　俺も行きたいよ
でも残念だ　今はもう　無い星なんだ
スクラッチノイズの入った曲を聴く
何それ　どこの言語？
いいから補習　はじめるぞ赤点くん
みんなどこかへ帰りたい夜

Ⅲ章

初期歌編（高校三年生〜二十歳のころ）

屋上に智恵子の青空思いおり薄ぼんやりと見える新宿

君と見る月はいつでも半分で人類は今進化している

少しずつ濃くなってゆく昼の月　傷はこうして静かに増える

天からの恵みのように降ってくる枯葉の多さに火をつけていた

復習をするように海　羊水の中で泳いだ八月もある
あたらしい種を蒔こうよ　透き通る青いガラスのなるような種
再現のビデオが流れ被害者はなんどもなんども刺し殺される
ニュースにも音楽が付くここで泣きここで笑ってこう考えて
平行して走る電車のそれだけじゃ足りないことを知ってしまった
死で終わるヘッセを嫌う　16で死んだあの子の罪をおしえて
ついさっきあなたがついた収拾のつかない嘘で楽しんでいる

目覚ましの音で壊れてしまうほど将来の夢なんてあやうい
回想シーンばかりの映画前向きに生きてくだけじゃ息がつまるよ
君はもう振り返らない　残されたレインコートの中のどしゃぶり
あの街とここは違うと夕方の5時のチャイムに言われてしまう
夢だってわかってたならあいそ笑いなんかしないで言えばよかった
全力で走る　世界のはじっこはメルカトルでは測れないから
地球から見えない月の裏側のように不思議な君の存在

ひまわりの種を飲み込む　おへそから芽を出して咲く日を待っていた
善意ならいいわけじゃない植物油だって油でからだに悪い
精神が近視未来はぼやけてて過去はやたらとはっきり見える
きっときみは天動説を信じてる自分が中心だと思ってる
父親の人格以外放棄してムーミンパパとバカボンのパパ
声だけが年老いてゆくサザエさんにも平等に時間は過ぎる
眠れない夜は同じドラえもん家電製品化した未来も

刷り込みのように恋する１００年の夢から醒めた姫のまばたき

刺ばかり伸びてしまったサボテンは誰の心を吸ったのだろう

悪者がいてヒーローがいるように補いあっていた私たち

泣くことは負けだと信じていた頃の高い目線が懐かしくなる

渦巻いた怒りはやがて海に出る赤道上で台風になる

カーテンを閉めても朝は来るように目をそらしてもおんなじだった

カボチャより人差し指は切りやすいヒトはそれほど偉大でもない

お迎えの使者がもうすぐ来るわけじゃないけど今日も月を見上げる

雪の降る季節の次が春なんて過去の統計　ひとりの夜明け

カルピスの思い出話をして過ごす午後を何より　何より愛す

夏空を横切って飛ぶ飛行機が「世界にふたり」ごっこ終わらす

地球儀を回転させて洪水の後にはただの青い球体

呪われて翼の生える夢をみた　空は飛べない重たい翼

手のひらは目には見えない擦り傷で溢れているからすべてが痛い

原っぱがあってよかったいつかまた帰れる場所があってよかった
原色の赤はさみしい　それ以上飛ぶことのないアドバルーンには
いつだって旅の途中の僕たちはマイルストーンを胸に刻んで
真っ白になるほどひかり　生まれ出たみたいに舞台へ飛び出してゆく
桃の皮いちまい剝いてゆくたびにからだのなかで育つ球体
補助輪をはずして漕ぎだす瞬間の不安二十歳の誕生日来る
半ズボン穿いて走った　人間のふえかたなんて知らないときに

口笛の練習をした放課後は眩しくてもう思いだせない

どこまでも夜道を追いかけてくる月を怖れるままに大人になった

残されたオオカミの闇　永遠に返事の帰ってこない遠吠え

昼休み聞こえるヘリコプターの音　心を遠くへ運びだす音

人ごみのなか立ち止まり目を閉じる（いつか無人にこの街はなる）

（地球上最後の観覧車が止まりシズカナシズカナ夜ヲ迎エル）

（ハモニカに似た音たてて軌道からはずれた人工衛星の旅）

（ツキホタル飛び交う川辺　あの青い星で過ごしたいくつかの夏）

魔法から解かれてみんな歩き出す　メデューサの血の赤い信号

街角のあちらこちらでひかるのは大事な手紙を抱えたポスト

コーヒーを豆から淹れるようになり二十歳の春ももうすぐ終わる

ベランダは狭すぎたから部屋にまで溢れ出してる今日のゆうやけ

青白いさかなのうねり　にんげんはいつしか海へ帰るのだろう

いつまでも鬼のまんまで日が暮れて自分の影も見えなくなった

Ⅳ章

夢のなかまで／その先の冒険／蒔いているのだ

毎日がちいさなカーニバルのよう3人の子をつれてあるいて

式前夜　未来でわたしを待っている誰かの声に呼ばれて眠る

「すえながく、しあわせにくらしましたとさ」で終わるおとぎばなしになれますように

ひとりでもふたりでもない夏が来て夢のなかまで大きなお腹

予定日が近づいてくる胎内は羽化する前のしずけさに似て

さあきみをむかえにゆこうエドワード・ホッパーの絵のような夏の陽

誰もいない海に思えて手を握る波は隅まで押し寄せている

輪郭が生まれるわたしを抜け出したちいさなひとのかたちが浮かぶ

はじまりとおわりを告げる声がして振り向けばもう一面の凪

カヤックの上にしずかに横たわる　水面　つぶれたお腹をなでる

あたたかな傷がわたしに刻まれてまたいとおしいからだになった

産んだのか生まれたのかもわからない深夜の闇に眼を開けている
まどろんでまたたしかめてまどろんで黄昏だけの時間のなかで

薬草のたくさんはいったお茶を飲む　まだ透きとおるからだへ入れる
かあさんになった瞬間湧きだした泉はたやすく溢れてしまう

鳴き声は体に響く　雑音もなく完璧にチューニングされ

一週間おなじ窓から外を見る小さな庭へ零れるひかり

手のひらがまず母になる陽のあたる頬に触れたら朝が始まる

絵の具には贅沢をする画家のよう愛情だけはたっぷり注ぐ

赤ちゃんを抱きしめながら眠るとき夢のなかまで春の王国
タクシーに乗る夢を見た「どちらまで」わたしはなんと答えただろう

誰もいないすみっこへ向け手を振ってそのひとたちにどうぞよろしく
ぱいぱいとねんねとわんわとぱぱとままそれがすべてで満たされている

恋にだけ囚われていた日々があり戻りたいともそう思わない

「あい」はまだ最初の二文字「愛」の先にはたくさんの未来が続く

まだ羽根の濡れて飛べない蝶だから手をしっかりと繋いで歩く

歌うように話す踊るように歩くちいさな花を振り撒いてゆく

おはじきに触れた指先からめくれわたしはつるりと少女に戻る

北欧のトロル　ドイツの魔法使いつづきの夢で逢えますように

手と足がするりと伸びて赤子から幼児へ向かう君へ春の陽

長い旅へ向かう顔してリュック背負い「いってくるね」とまっすぐに言う

（玄関を出るとき泣いていたくせに）振り向きもせず教室へ行く

消失点まで見守ってその先の冒険はまたあとで聞かせて

「子を捨てる儀式」と修文さんの呼ぶ日のためミシンを揺さぶり起こす

日常を生き抜く強さを身に付けるためランドセルはこんなに重い

ココナッツミルクを愛するきみといつか行きたい空が世界に溢れる
長い旅へいつか出てゆくきみのためたっぷりとるいりこのお出し

サイモンとガーファンクルを聞いている父はハコベを抜く手を止めて
ニンジンが大好きな子とニンジンが大嫌いな子のためのニンジン

風切羽もがれて「安全」「安心」な「抗菌使用」で仲良く遊ぶ

甘やかし守ってばかりではいけない塩水にマングローブは育つ

蔦が伸び絡みつくよう目覚めると巻きついている子どもの手あし

いつまでも見飽きることがない焚火・台風の雲・子どもの寝相

手を足を背中を撫でるたましいをつるつる磨いてひからせておく

「学ぶこと」は「冒険すること」隠された世界の秘密をぜんぶ知りたい

窓口を見つけられずに立ち尽くす婚姻届のその先の愛

幸福な共同幻覚（セカイイチカシコクカワイイワガコドモタチ）

できそうでできないできたを繰り返し螺旋の変化を楽しんでゆく

週一回60本の爪を切る3人の子の母ということ

立ち止まりまた歩き出す子どもたち何かの種を埋めているのだ

ミルク／長い旅／渡りのとき

「胃ろうに関してのメリットとデメリット」読み込むほどに巻いてゆく渦

病室の窓が切り取る空のことといくつか話ししばらく眠る

白く細い月を見つける下ばかり見ていた日々の長さに気付く

15分おきにコールは鳴り響き誰もが人恋しい春の夜

胃ろう用栄養〈ミルクフレーバー〉乳児のような香りが満ちる

手を繋ぐ　わたしのいのちがすこしでも流れていってひかるようにと

ぽたぽたとチューブを流れ胃に入るそのシンプルさに今も戸惑う

甘い甘いミルクコーヒー口にしてこの世の食事をしずかに終える

鳥の鳴きはじめるころに眠る日々夢さえ見ずにただただ眠る

すべて委ね信じてくれる心地よさまるで新生児の愛おしさ

渡りのとき見定めている鳥のように呼吸が間遠くなって飛び立つ

＊

上空を今も飛び交う宇宙ゴミ　旅路の邪魔をどうかしないで

エンゼルケアー施されている義父のそばなかなか暮れない夕方の空

床ずれの防止のためのエアマット死後の身体をゆっくり揺らす

愛着は愛を着ること最期まで羽織ってくれていたカーディガン

死は花に取り囲まれて燃えてゆくその一輪に私のかけら

「さようなら、またね」とやさしく手を握る約束は種となって埋まった
残像はカフェにベッドに図書館に　異界の境界線を緩めて
不自由な身体を脱いだ魂は今ごろ銀座を散策途中
被われていたと気がつく（守られていたとも）やさしい膜の感触
春が過ぎ義父の不在の夏が来る　タオルケットをお腹にのせて

いくつかの果たせなかった約束を抱えていつか会える日を待つ

「月の沙漠」唄ってくれた夜のこと煙草でかすれた甘い声して

天動説／ナウシカのような／いつか逢いましょう

さようなら彗星　いつか巡るとき青い地球でいられますよう

天動説唱えるようにわたしたち原子のちからを信じていたね

闇はまた深く沈んで青白いひかりをときおり放つのだろう
ヒトのかたち保ったままで入れない扉のむこうの原子の炎

結界を決めるガイガーカウンター神様たちしか住めない世界
住むことのできない街を見守ってライブカメラは天使のように

ようやっとさよならを言う永遠につづくと信じていた日常に
渡るのは本能　西への旅に出る母さんたちに見えてるひかり

次の物語の始まるまでの間を「ただちに」という言葉で繋ぐ
見慣れない単位が身近な単位へと変わってしまった世界を生きる

「失敗の責任」はひとの手から手へ渡されいまや完璧な球
何度でも生まれ変わって完全に火が消えるまで見守りなさい

目に見えないものに怯えるそしてまた空へと祈る世界へ還る

朱色の鳥居で囲う溶け落ちたデブリを社のまんなかに据え

溢れ出す水のニュースを告げながらラジオは電波を乱してしまう

5年のち10年のちもメグルミズ午後になっても上がらない雨

かさぶたがはがれて落ちる100000年先の未来の絵を描きましょう

100000年のちに神話として並ぶバベルの塔と4つの建屋

言葉へと変換できないものたちが舞い散る秋のなかへ佇む

マテバシイの実を拾いつつ（ホウシャセイブッシツがこれほど大きければ、と）

波に触れた瞬間ピアノは鳴ったろう最後の音を空に吸わせて

グラフには表示されない　あの日から揺れているのは世界の自分

あのひとの写真を探しにゆくだろう　タイベックスに身を包まれて
ナウシカのようなマスクね、そうだね、とほほえみあって早める歩み

〈この先は危険ですので　白線の外の世界へお逃げください〉

移動する民へと戻る　かえりたい場所を遠くで思いだすため

あたらしい信仰が生まれこの街をやさしい膜のように覆った

いちめんのセイタカアワダチソウの黄が泡立ち波打ちすべて飲み込む

水筒にお茶を詰めたら出かけよう　淋しさの火はもうすぐ消える

タイベックス着用義務の草原で摘んだ四つ葉を挟む小説

青白いプールにひたひた満ちてゆく〈レプトセファルスレプトセファルス〉

氷河期がゆっくりやってくるというやさしい雪が炉へと降り積む

エピメテウスの意味は「後悔」火を盗むプロメテウスの弟の名の

かさぶたを剝がす　忘れてしまってはいけない傷を持つ国に住む

絆とは紐で繋がることだからそれよりも手を繋ぎ合いたい

さやさやとサスティナビリティー　永遠の淋しい世界を生み出すために

温めた石を背中に置いてゆく悲しむ場所のひとつひとつに

靴下を重ねて履いて準備する守らなければうばわれるもの

循環を止めてしまった水槽のなかだから深く長い呼吸を
丹田に意識を視線は上げたまま苦しい夢を見ている街で

一年に３・７８㎝ずつ遠ざかる月（さようなら、ヒト）
しゃぼん玉のようだよ割れる寸前の色とりどりのはかなく脆い

デジタルに移行しますとまだ岸にひとを残して船は離れる

果てしなくやさしいオキュラスリフトもういらないからだが朽ち果ててゆく

窓辺には多肉植物増えてゆく　彼女は不安を可視化している

食べたあと不思議なちからが満ちるようハーブをたっぷり使った料理

唱えれば街が滅びる呪文とは知らずに僕らは口にしていた

カフェインを摂るニコチンを摂取する感度を下げて生き延びてゆく

〈除菌してお入りください〉最期には土にならないヒトたちの手を

自然ではなくて文化であるという富士の高嶺に雪は降りつつ

チェレンコフ光がわたしのみずうみで放つ青さを感じて眠る
25年目に咲くというウェル・ウィッチアの赤い花を待つように待つ

眠ってるあいだに修復されます、と壊れないよう夢を見ている

熱射病みたいに喉がすぐ乾く　わたしの水に会いに行きたい

〈電源をお切りください　これからは自分の足でお立ちください〉

もう役に立たないケータイ握り締め出航までの時間を過ごす

「さよなら」とつぶやく／返事は聞こえない／はじめて夜に闇を見つけた

文字を知る前の暮らしに戻ることとシンプルライフ、といえば素敵な

捨ててきた星を伝承へと変えて碇を下ろす入り江を探す

１０００年の後の祈りの儀式にも石と木のあることを祈った

水晶を食べる動物　かりかりと飛び散るかけらにいくつもの虹

草いきれのなかを走った思い出を群晶で眠るきみに話そう

惑ったり迷ったりして窓の外ひかりを求めて這い上がる蔦

またいつか逢いましょう　長い旅のなか約束の石磨いておくわ

この星のすべての花火に火をつけて旅立ってゆく船を見送る

わたしたちの最期の花火をきれいって見てくれる星がありますように

〈ボーナス・トラック〉

『テノヒラタンカ』抄

「ぎゅっと大切な言葉を、あなたの手のひらへ」

2002年10月21日
発行 オフィスサンサーラ
発売 太田出版

どの図鑑にも載ってない花や鳥それから恋を探しに行こう
「引力があるからヒトは惹かれあう」そんな言葉を今日は信じる
シナモンを愛するためのきっかけに過ぎない出会いと位置付けておく
アンテナを立てておかなきゃ　あのひとに会ったらちゃんと振り向くように
ほしいのは勇気　たとえば金色のおりがみ折ってしまえる勇気
今晩の土星の位置を知っているあなたを信じていいと思った
真夜中に雨が降り出すこの音をどこかの誰かと共有している

重ねれば東京タワーを超えるほどふたりで飲んだお茶のカップは

夏草のなか透けて見た笑顔ならあげられるものすべてをあげる

あったかくなろうそろそろ　触れない電波なんかで繋がらないで

いつまでもきれいに咲いたままでいる造花に生まれなくてよかった

現実の境界線はあいまいで夢のつづきを醒めてから泣く

子ども用安売りトランシーバーの届く距離からでていかないで

地図帳をゆびさす遊び　わたしたちきっとここからぬけだせないね

無防備に咲いてしまった罰として嵐の夜を耐え抜きなさい
貝殻をあげよう波の音のする最後の家族旅行の海の
古ぼけたトランク買っていつかゆく時間旅行のための準備を
トキぐらいヒトが絶滅しかけてもあなたと暮らすことはできない
人類の捧げた祈りが飽和してそろそろ空から降りそそぐころ
通過した駅のホームにあのひとを見たような気がしたままにした
スペクトルすべてを反射させて白　それは希望と呼べる事実で

『短歌のキブン』抄

「まどろんでよむうたは　めざめてかたることばより　いくぶんたしかだ」五味太郎（帯文）

２００３年２月10日
ディスカヴァー・トゥエンティワン

この道は春に花降る道となるパラダイスとは変化するもの
日溜りに置けばたちまち音立てて花咲くような手紙がほしい
まだそれが恋と呼ばれる感情と知らないふたりの摘むヘビイチゴ
せつなさを語りつづけたサボテンに見たことのない花が咲いたよ
特別なちからを願ったあの頃と普通のしあわせ願うこの頃
遠足は行かなくていいそのかわり前日のあの気持ちだけでも
初恋はとぎれとぎれのラジオから流れる唄のようにせつない

今はもう団地の底で眠ってる秘密基地には神様がいた
ほんとうは四つ葉を探してなんかないただしあわせの予感がほしい
風船を放してしまったその日から悲しむことを覚えたのです
ブランコで空蹴り上げる　神様が痛がるくらい　強く　なんども
綿菓子へザラメが変わる力学を明日のわたしに向けて応用
逃げることばかり上手くて気がつけばドッヂボールの最後のひとり
秘密です　植物図鑑の片隅で夜ごとに開く青い花たち

走ることただそれだけが好きなことそんな少女に育ちたかった
約束はやぶっていいよ指切りがただしたかっただけなんだから

アスファルトにも帽子にも校舎にも夏の粒子が空から降って
最上階には青空が待っているエレベーターのやって来る音
明日朝の気圧配置図なんかよりもっと大事な未来を見せて

晴れた日は虹をつくろうたくさんの水で心を洗っておこう

君たちが言わなくなれば死語になる戦隊ヒーロー正義を叫べ！

宇宙ステーション増設されてゆく夜の路地に残った花火の匂い

飾ることばかりの恋は孔雀へと与えてしまえぎゅっと眉引く

雑草でいいから買った花じゃなく種から咲かせた花をください

地図上の深海８０００メートルと同じ青さで書かれた手紙

すぐに火がつかない花火にじらされて濃くなってゆく月にのまれる

海岸の焚火が燃え尽きないうちに触れないのなら恋と呼ばない
人魚姫　あなたが泡になる瞬間見ていた海の色を教えて
ヒマワリは夏しか知らない花だから光も熱もこぼさずに咲け

とりあえず身体の繫がりまで終えて次は文通でもしましょうか
ひとつずつ灯りはじめる街灯に追われて歩く道のりでした

ベランダは狭すぎたから部屋にまで溢れ出してる今日の夕焼け
パレットにあるだけ絵の具を出してみてなにも描かないような休日
この部屋でしあわせに暮らせますように　歌の聴こえる花を飾った
番付は横綱　流した涙だけ強くなれるというのであれば
必要のないしっぽとか感情は進化の過程で消してしまおう
どこまでも線路は続かないことをただ確かめるためだけの旅
夕方は夕方用の地図がありキヨスクなどで売っております

楽園を追われるときは君からの手紙の束を持って走ろう

欠かさずに水をやってね　寒さより淋しさで枯れちゃう花だから

朝焚いたお香が上手く燃えきらずわたしの帰りを待っていました

溶けてゆく雪のはやさに体温の高いあなたを知った日のこと

うつくしい言葉で話すあのひとは息の白さも特別でした

君とした雪合戦のあの雪の白さを超えるものはまだない
眠ったら死んでしまうよ東京は見えない雪の降る街だから
明け方の夢で誰もが弾きかたを忘れた楽器が泣いていました
耳の奥深くで奏でられているあの音の鳴る笛を見つけた
叔母さんの人生それは言葉より譜面に記すべきものでした
プレゼント抱えて街をゆくときの気持ちのままで暮らしていたい
さよならを言えただけでも幸福と思えるほどの時間は経って

あとがきと、ごあいさつ

子どもの頃に好きだったのは、本を読むこと、月を見ること、それから近くにある祖母の畑や、野川公園をぐんぐんと歩くこと。大きくなってもこれだけは続けられたらいいなあ、と願うことがわたしにとっての将来のビジョン、つまり「夢」でした。

それ以外、きれいさっぱり（お嫁さんになりたいわーとか、グローバルな仕事がしたいわーなど）「夢」というか「欲」を持ってはいませんでした。最小限の未来しか思い描かない、ちょっと現実的すぎる、つまらない子どもでした。

いま目覚めるたびに、ぎゅうぎゅうとからだにくっついて寝ている子どもたちを、思いがけないプレゼントのように見ています。そもそも友だちの恋の悩みを聞いては「駆け引きとか、モテメイクとか面倒なことは無理！一生そんなことできない！」としみじみ思うのに、ふと自分が結婚していて、さらに14年目にもなるんだったと思いだして驚愕します。

そんなふうに人生が思ったよりカラフルになって、驚いてばかりなのですが、いまだに心の底から信じていない（！）のは自分の「本」が世の中にあるということ。本は大好きでも、その作者になれるだなんて、そもそもなろうだなんて、一瞬たりとも夢見たことはありませんでした。いつか月に住む（それも宇宙服なしで）のと同じぐらい、ありえないだろうこと。

図書館に行って児童書のおすすめに『だめだめママだめ！』があったり、本屋さんのレジ横に『百人一首百うたがたり』が積んであったり。そのたびに、嬉しさで気が遠くなります。こんなにすてきなことが、私の人生に起こるだなんて、と。

たぶん、17歳の、はじめて短歌を作ったあの瞬間に、シンプルで平凡な、ちょっとさみしい未来から、テーマパークみたいに楽しいことがちりばめられた未来へ、スイッチが入れ変わったのだと思います。

夢にも見ていなかった「本」が、こうしてまた1冊生まれて。人生は想像を超えてたことがたくさん待っている、と学んだ私は、月面ステーションのライブラリーでこの本を読まれる未来が来るかもしれない、と溢れる夢を描く大人になりました。

17歳から35歳までの、人生のちょうど半分の作品をまとめました。1首でもあなたの心に残る歌があったら、とてもうれしいです。

最後になりますが、無理難題のコラボで久しぶりの共同制作をしてくれた高校同期の岩本くん、仕事したりライブに行ったり、いろんな面で相棒のロクさん。ジャンルがバラバラですが、灯台的存在の枡野浩一さん、北村薫さん、五味太郎さん。うっかりものの日常を支えてくれる両親と妹弟と子どもたちと、もちろん夫の村田さん。私の「短歌の神様」のビジュアルイメージでもある髙瀬一誌さん。歌を見てくださっている小池光さん。丁寧な伴走をしてくださった編集の宇田川さん。お名前を挙げきれない友達や「短歌人」の仲間や編集さんや書店さんたち。帯文をくださった大好きな末次由紀先生。そして、この本を手に取ってくれたあなたに。

ほんとうに、ありがとうございます。短歌の神様が私にくれた、たくさんの素晴らしいものに負けないように、背中をぐいっと伸ばして、がんばります。これからも、どうぞよろしくお願いいたします。

脚本

「不安な楽園」

「月の裏側へ辿り着く前に。」

自主制作作品集

「あこがれ／Longing」

「メルカトル」

書籍

『テノヒラタンカ　ぎゅっと大切な言葉を、あなたの手のひらへ』（共著）

『短歌のキブン』

『ウタノタネ～だれでも歌人、どこでも短歌』

『だめだめママだめ！』（絵／はまのゆか）

『百人一首百うたがたり』（絵／Kei）

『国語であそぼう！　百人一首・短歌・俳句』（絵／二宮言・小林裕美子・天野美雨）

「こども小倉百人一首」（絵／天野美雨）

『エピソードでおぼえる！　百人一首おけいこ帖』（絵／睦月ムンク）

『はじめての百人一首ブック』（絵／天野美雨）

カルタ

「はじめての百人一首」（イラスト／天野美雨）
「みんなの百人一首」（イラスト／天野美雨）

作詞
「みんなのほうようようちえん」（作曲／川村晴美　編曲／水野トシヒロ　イラスト／にのみやげん）

ラジオ・イベント
「土曜の夜はケータイ短歌」／「夜はぷちぷちケータイ短歌」
「歌集喫茶うたたね」
「名短　名古屋短歌コンテスト」
「名古屋グランパスサッカー短歌コンテスト」
「大阪短歌チョップ」
「ラジオ深夜便～百人一首の世界」
「百人一首千年の出会い」（語り／平野啓子）
「短歌・百人一首ワークショップ」（世田谷文学館・町田ことば文学館・百人一首殿堂時雨殿など）

協力・作品提供
『かんたん短歌の作り方―マスノ短歌教室を信じマスノ？―』（著／枡野浩一）
「ちはやふる」（作／末次由紀）95首目・97首目
『北村薫の創作表現講義　あなたを読む、わたしを書く』（著／北村薫）

天野 慶
（あまの けい）

1979年10月19日生まれ。東京都三鷹市出身。3人兄弟の長女。小学校は料理クラブ。中学・高校は演劇部。基本的にずっと図書委員会。高校の教科書に載っていた浜田到さんの短歌に衝撃を受け、短歌を作りはじめる。短大で短歌サークル「はるか」を立ち上げる。98年、高瀬一誌さんの誘いで「短歌人会」に入会。「CUTiE Comic」連載「マスノ短歌教」に投稿。絵本出版社、印刷会社など勤務を経て、2002年に村田馨と結婚。03年に長女、06年に長男、09年に次男を出産。13年から奈良市に住む。16年春からは世田谷区在住。最新刊は『はじめての百人一首ブック』（幻冬舎）。連載、テレビ・ラジオ出演、ワークショップなど最新情報はTwitterにて。@utataneko57577

つぎの物語がはじまるまで

2016年2月18日　初版発行

著　者――天野　慶

発行者――宇田川寛之

発行所――六花書林
〒170-0005
東京都豊島区南大塚3-44-4 開発社内
電話 03-5949-6307
FAX 03-3983-7678

発売――開発社
〒170-0005
東京都豊島区南大塚3-44-4
電話 03-3983-6052
FAX 03-3983-7678

印刷――相良整版印刷

製本――武蔵製本

ISBN978-4-907891-22-0 C0092